안양여성문학회 동인지 · 5

안양시학

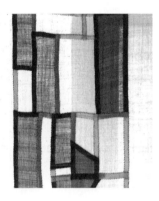

책머리에

울퉁불퉁합니다
못생겼습니다

눈길이 갑니다
향기에 끌립니다

초록을 지나
가을을 건너
바람으로 떨어지는

모과 같은 시
한 줄 한 줄
담아 보았습니다.

가끔
마음의 쉼이
절실해지는 날, 있거든
그 자리에
놓아 두겠습니다.

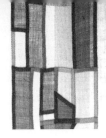

차례

박은순

이지호

장정욱

정이진

조은숙

한명원

한인실

허인혜

노수옥

2015년「시인정신」으로 등단
중앙대 예술대학원 문예창작전문가 과정 수료
서울시인협회 회원, 중앙대 잉걸회 동인
안양문인협회, 안양여성문학회, 안양시학, 글향 회원
시집:『사과의 생각』
jadehill1004@hanmail.net

베개의 높이를 낮추고 돌아눕는 생각에 이불을
덮어주며 무덤 같은 어둠을 통과하는 양치기 오래
전에 잃은 양 한마리를 찾아 피리를 불면, 不眠은
무너져 내린 건초더미로 숨어버리지 오늘도 나는
잠을 찾지 못했어

노량진 고등어 외 4편

등 푸른 젊은이들이 모여들었다
우월한 DNA를 가진 고등동물
그들이 배워야 할 필수과목은
높은 파도를 넘어 바다를 완주하고
사나운 물고기를 피해
살아남는 법을 이수해야 한다는 것

가슴속에 잔잔한 물결이 일렁거려도
원뿔형 머리로 책 속을 헤집고
균형을 잡으려고 부레에
공기를 빵빵하게 불어넣었다
재수, 삼수, 사수
치열한 경쟁 속을 헤엄치던
비늘 없는 몸뚱이에 가시가 돋았다

상처 입은 한 무리 고등어 떼가

물살이 거친 노량진해협을 빠져나갔다
수평선을 넘지 못한 고등어들
다시 완주를 시작하려고
출발선에 서 있지만 결승점은 까마득하다
남아있는 고등어들 소금으로 간한 컵밥이 무리였는지
허기를 이기지 못한 부레에
서서히 바람이 빠지기 시작했다

비상식량으로 저장한 DHA가 다 소진되어
한물간 눈동자가 빛을 잃어간다
등에 새겨진 파도의 무늬도 하나, 둘 사라져버렸다
그들도 한때는 찬란한 미래를 꿈꾸며
펄펄 뛰던 시절이 있었다
넓고 푸른 바다를 향해 뻗어나가던
토막 난 꿈이 고시원 쪽방에 누웠다

바람의 노동

성장판이 닫힌 11월
떠날 채비를 서두른다
억새밭에 들러 마지막 인사를 나눈다

노을에 감전된 바람이 억새의 정강이를 쓱쓱 문지르고
겨드랑이를 비빈다
살가죽이 헐어 우수수 각질이 떨어진다

밤낮없이 흔들어대는 바람의 노동에
피가 마른 억새들
무릎이 꺾인 흔적이 보인다

이곳은 바람의 일터

저편으로 건너가는 소리가 말랐다
바람의 일거리가 줄었다

양을 불러 모으는 새벽

피리를 불고 있어

고집쟁이 19번 침대에 앞발만 걸친 28번 근시안의 46번 갈라진 발톱을 내려다보는 92번 숫자를 세는 것은 잃어버린 양을 건초더미 속에서 찾아내는 일

말랑말랑한 잠의 뼈들은 한뎃잠을 자고 있지 잠에도 층이 있다면 주름 잡힌 지층에 화석으로 남은 새우의 굽은 등을 보는 일 자진하는 별빛을 가두어 단잠을 재울 시간이 필요한 거야

베개의 높이를 낮추고 돌아눕는 생각에 이불을 덮어주며 무덤 같은 어둠을 통과하는 양치기 오래전에 잃은 양한마리를 찾아 피리를 불면, 不眠은 무너져 내린 건초더미로 숨어버리지 오늘도 나는 잠을 찾지 못했어

귀가 닫힌 양을 위해 피리를 불고, 소리를 놓친 밤은 문 밖을 서성이고

여우손톱

햇살을 박음질하는 중앙시장 한복집

솔기를 붙여 남은 생을 꿰매는 엄마와
쪽가위와 가윗밥을 갖고 놀던 계집아이가 살았다
불안한 생계의 바람막이가 되어 주던
검지의 집이었다

한 땀 한 땀 홈질하던 바늘을 놓친 엄마
기억은 굳어가고 실마리 풀지 못하는 손톱에
딸이 곱게 네일아트를 한다
열손가락 모두 골무를 끼운다

한복집 대신 바뀐 간판 여우손톱
그 집에 늙은 토끼와 여우가 산다

책장冊葬

대여한 목숨들이 출고를 기다리고 있다
제목 출판년도 페이지와 저자의 이름을 매달고
침대마다 널브러진 여러 권의 책
갈피마다 빼곡한 병력이 구구절절 두툼한 전집은
이제 마지막 장을 남겨 놓았다
대학병원 중환자실
함부로 굴린 중편소설 책갈피에서 마지막 징후가 피어올랐다
미세먼지 자욱한 세상과 단절한 젊음은
산소마스크를 쓰고 홀로 소통중이다
Book쪽 하늘에 길이 있다고 파피루스에 적힌
피타고라스 정리를 풀어가던 형광펜
덧칠한 교과서가 옥상에서 떨어져 펼쳐져 있다
질서를 무시한 속도는 파본이 나오는 법
뒤죽박죽 찢겨진 한 무더기의 책이 응급실에서 올라왔다
빨리 빨리 속독으로 읽어야 한다
책장 넘기는 소리가 밭은 호흡으로 들린다

민첩하게 페이지를 넘겨도
해석할 수 없어 난해한 마지막 장을 덮는다
신간 한 권, 흰 시트에 덮였다
쪽수가 찢어진 파본이 바퀴 달린 침대에 실려간다

류순희

(사)한국문인협회 회원
안양여성문학회, 안양시학 회원
안양문인협회 편집위원
(사)안성문인협회 문학공로상 수상
moonvic@hanmail.net

계절이 멈춰버린 바다

서해를 지키던 배 한 척 하룻밤 사이 동강난 몸으로

어두운 바다 속에 잠들고 있다.

끝 달에

벚꽃은 아직 날지 않는다

비와 나

센서 등

우는 나무

끝 달에 외 4편

엉거주춤 서성인다
마지막 달력의 모서리를 잡고

겨울인 듯 가을 같고
가을인 듯 겨울로 오는 달

해마다 끝 달로 오지만
다시 돌아올 첫 달 위해
넘긴 달은 고요히 갈무리해야지

첫 달을 맞이하는 설렘처럼 나
흐트러진 머릿결일랑
물을 축여 빗질이라도 해야지

벚꽃은 아직 날지 않는다

경인년 이른 사월
겨울처럼 눈 날려도 벚꽃은 아직 날지 않는다

계절이 멈춰버린 바다
서해를 지키던 배 한 척 하룻밤 사이 동강난 몸으로
어두운 바다 속에 잠들고 있다

누가 쏘았나 푸른 전사의 봄

여기저기 피는 벚꽃은
터질 듯 웃고 있어도 속만 터질 뿐
생으로 앗아간 수병의 꿈은
무엇으로 날개 지어 넋을 달랠까

비와 나

산가山家에 비 내리던 날

장작불 지핀 아궁이 앞
시인 몇 둘러 앉아 약술을 주고 받네

시 꽃은 잠시 피었다 지고
온갖 세상이야기
오월의 밤을 활활 태우는데

생의 마지막
밭은 기침하며 준비하는 시인의 친구
아내 손잡고서 슬며시 찾아오네

원치 않는 길 힘에 겨워
지나던 길 잠시 들렀을 뿐이라는데
머물고 간 빈자리에 긴 한숨만 깔리네

아픔의 눈물일까
오월의 단비는 서럽다 밤을 새워 울고
여명을 기다리는 나
애끓는 등 뒤척이며 하얗게 밤을 새네

센서등

감각이 있다

동공 없는 눈에 맞춰지는 초점
사람의 체온을 빠르게 읽는 건
나만의 특기

어둠이 드리운 곳에 내가 있어
누군가 다가오는 걸 느낄 때마다
눈 깜짝할 사이 등불을 켠다

세밀한 감각의 유전자 있는
전기를 먹고 사는 나는 센스쟁이

세상 속 버거운 계단에서든
그대 집으로 들어가는 현관에서든
내 붉은 심장으로 감각을 불러

어두움 태우는 등불 밝히리

우는 나무

나무에게도 감정이 있다

잎 새에 잔잔한 바람이 일면
속삭이듯 서로 살랑이다가
소나기 바람 몰아치면
성난 듯 할퀴며 상처내기도 한다

그러다 다시 잠잠해지면
그 상처 다독이며
마침내 몸을 섞어 하나가 되기도 하는

보석사 올라가는 길
나라의 큰일을 미리 알아
울음으로 마을을 지켜왔다는 아름드리나무 있다

나무도 긴 세월 감정의 굴곡을 지나고 나면

세상을 보는 눈 떠지는지

여섯 나무가 한 몸으로 자라
천년을 수행한 노승처럼
긴 지팡이 짚고 서 있는 은행나무

해질녘 목탁소리에 손 끌어 모으며
산사의 길목에서 노랗게 물들고 있다

박은순

제9회 서울시 문예공모전 대상
제10회 서울시 문예공모전 금상
안양문인협회, 안양여성문학회, 안양시학 회원
연성대학교 재학 중

홀가분한 자유

머리를 하얗게 비우는 일이다

비운 부피만큼 투명하게 바람에 빌붙어

부딪히는 바람과 입맞춤하거나

지나가는 자동차 유리에 달라붙어 포옹하며

함께 살빛으로 물들어가는 것이다

두물머리 고목

물두멍, 강을 품다

바람, 혹은 자유

두물머리 고목 외 2편

남한강과 북한강이 서로 어우러지는 곳
오래 전 본 듯한 낯익은 몸뚱어리
칼바람 몰아치는 길목에 서서
온갖 풍상을 이겨낸 듯 그의 몸은 성한 곳이 없다

세상과 푸른 소통을 위해
울울창창 피워냈을 젊음, 기억조차 없는 듯
제 이름마저 지워버렸다
오랜 생을 물안개 재우고 밀어내느라
가지는 뭉텅뭉텅 잘라지고 겨우 남은 두 팔
실낱 같은 욕심조차 사치인 듯
뼛속 깊은 곳까지 고통의 향기가 스며들었다

텅 빈 고목에 귀를 기울여 본다
속긋을 긋는 울림이 있다

하루살이처럼 화려한 명품을 쫓으며
귀 닫은 나를 향해
저 강물에 몸을 씻고 뼛속을 비우라고
저 강물에 귀를 씻어 고통의 울림을 들어보라고
스스로 팔을 뻗어 두 강물을 옴살스럽게 품어 보라고

침묵의 끝에 매달린 두 귀가 순해진 듯
나무의 작은 외침이 들린다

물두멍, 강을 품다

만삭의 달을 품은 눈빛
산모처럼 따뜻했다
속울음 같은 작은 떨림에도 물살 짓는
궁싯거림 속에 언제나 바람향이 났다

나룻배 하나쯤 띄우고 싶었을 꿈
피우지 못해 설핏, 물결일 때마다 물비늘 반짝인다

켜켜이 고였던 파랑波浪 같은 세월
말갛게 우려내 익은 속을 내주느라
평생 부엌문을 벗어나지 못했던 배불뚝이였다
할머니의 할머니로부터 내려온
투박한 울림은 늘 헛배만 불렀다

살점 아프도록 퍼내고 퍼내도
바닥을 내보이지 않았던 덩치 큰 항아리

비워야만 이루어지는 가뿐한 어머니의 몸짓이었을까

빛깔 고운 풍경이 가을을 빨아 널 때
흐르는 강물 따라 떠나간 어머니,
잊은 듯 다시 살아나
비릿한 통증으로 밀려오는 그리움 한 덩이
모서리에 부딪는다

바람, 혹은 자유

꽃틱을 떨어져 나온 꽃잎들
속이 다 보인다
말간 봄빛에 취해
거리를 헤집거나 날땅에 떼거지로 뒹굴며
아직은 청춘이 식지 않았다고 말하는 맨살
바람이 쓸어간다

홀가분한 자유
머리를 하얗게 비우는 일이다
비운 부피만큼 투명하게 바람에 빌붙어
부딪히는 바람과 입맞춤하거나
지나가는 자동차 유리에 달라붙어 포옹하며
함께 살빛으로 물들어가는 것이다

속 보일까 점잖 빼지도 않고 유령처럼
여기저기 떠돌아도 누구 하나 나무라지 않는다

시선의 무게를 벗은, 더는
드러날 게 없는 가벼운 몸부림일까
한낮, 남가일몽南柯一夢으로 끝나버리고 말
벚꽃나무 아래
꽃잎과 바람 그리고 자유, 한통속이 되어
훌훌 발가벗는 내가 보인다

이지호

2011년 《창작과비평》으로 등단
중앙대학교 대학원 문예창작학과 석사 졸업
안양여성문학회, 안양시학 회원
bunsmile@naver.com

목어가 된다는 것이 한생의 수위가

점점 말라가는 것이라면

수분이 빠져 푸석푸석해지는 날들도

유영의 한 때겠다

목어

식어가는 식탁

물의 뼈가 녹아내리다

청자상감운학문매병

나비, 블라우스

목어 외 4편

부레가 눈을 뜬다
저 자리로 돌아오기 위해 얼마나 먼 길 헤엄 쳤을까
허공 바람 낙엽이 먹고 있는 魚
강물의 기억이 꼬리에 남아
공중의 風살을 가른다

 물살무늬가 바람을 이끌고 물관 체관 오르내렸을, 나이테를
돌거나 가지를 돌아다니며 물속에서 한 시절 통통하게 살 오른
수행자

목어가 된다는 것이 한생의 수위가 점점 말라가는 것이라면
수분이 빠져 푸석푸석해지는 날들도
유영의 한 때겠다

바람의 물살 속에서 마지막 지느러미 끝이 닳아가듯
내장을 돌던 길이의 내통도 사라졌다

흔들리던 나무의 기억만이 빈속을 채우고 있는
무형의 몸
젊은 승려의 어깨 위로
소리의 비늘이 우수수 떨어진다

기발표작

식어가는 식탁

오늘의 목소리를 기억해야 한다
식탁 위에 차리는 이 따뜻한 음식은
너의 오늘을 위하여
나는 너의 이름을 부를 뿐
여기에 오늘은 우리에게 미래가 되어
우리 안에서 식어가리라

1
너를 부르면 물결만이 대답하는 시간
마중 나가도 오지 않는 너의
여기는 어제의 집이 아니요
어제의 바람이 아니다

서둘러 가버린 길
챙기지 못한
무너지는 억장과 사랑을 풀어 놓는다

장조림과 잡채도 가득 담았다

기막힌 울음이 다녀가고
지독한 죽음의 냄새가 덮어버린
팽목항 밥상엔 갈매기도 기웃거리지 않는다

자본주의의 거인이 아이들을 잡았다
나사 잃은 회전목마처럼 사람들 사이 여울목

식기 전에 밥 먹어라, 이것아

오지 않을 미래가 식어간다

2
노탐*은 없었다
말레이항공 MH17은 그날의 하늘을 날았을 뿐이다

추락은 예고된 바 없었다

교과서에서 아직 죽음을 공부한 적 없는
수십 명의 어린이는 꿈의 비행을 했을 뿐이다

편식하던 손녀가 잘 먹던 케이크와 파인애플을 차렸다
지난여름 웃음 가득 담긴 코알라 인형도 준비했다
죽음의 맛이 무호흡으로 몇 숟가락 기울어져 있다

여덟 살 생일파티가 격추되었다

오지 않을 미래가 식어간다

3
싸이렌은 대피신호가 아니라 학살경고다
피의 가자지구가 일상어가 되었다

갈가리 찢겨 분명치 않은 소매를 잡고
배고픈 어둠의 아우성을
야채스프 하나로 견딘 지난밤이
마지막 만찬이었다

신의 땅에 신은 없고
폭탄과 총성은 깨진 시간도 휩쓸고
암묵적 동의는 어린이의 목숨 값으로 표출되었다

라마단, 금식을 올린다

오지 않을 미래가 식어간다

* 노탐 : 항공기의 안전 운항을 위하여 관계 기관이 승무원에게 제공하는 여러
가지 정보. 항공·운항 업무 및 군사 연습 따위의 정보가 제공된다.

기발표작

물의 뼈가 녹아내리다

1
배를 뒤집고 누워있던 물고기를 건드리자
꼬리부터 살아나 다시 헤엄친다

2
"어항이다."
아이는 아직 병실이란 말을 배우지 못했다
물고기와 수초 기포는 어디 있는 걸까
이상하다는 아이의 눈빛
한 걸음에 한번 오른손 엄지를 빨고
둘러보는 아이는 우두커니, 머리를 꼰다

등에 뿌리가 자라는 나의 길이 바뀌자 풍경도 누웠다
지느러미가 되어 버린 침대는 유유히 헤엄치는 법을 알려주지
않는다
헐거워진 부레

기계의 맥박으로 움트지 않는 붉은
혀는 누워있다

물고기가 헤엄칠 어항 너머
불어가는 비바람을 생각하며
시간은 시들어 가는 잎으로 견딘다
버려진 말들로 만들어진 바닥은 걷지 말고 헤엄치란다
투명의 깊이를 재는 숫자들은 더 큰 숫자로 고쳐진다
형광등을 쪼이며 풀처럼 누워 있다

면회시력의 아득한 관계들
아이가 오면 반응하는 나는
자식과 다른 종이다
아이가 내 가슴에 살짝 얼굴을 묻는다

3

말이 없는 썰물의 저편에서 자랄 새로운 언어가 나를 깨운다

기발표작

청자상감운학문매병*

학의 울음소리가 가득 들어있는 매병
울음소리는
유약을 깨트리지 못하고 있다
흰 구름은 오랜 세월 제자리에서만 지나가고
날개가 떠 있는 병의 곡선엔
국보의 허공이 있을 뿐이다

예순아홉 마리의 학이 날아든 곳
한 번도 날아가지 않은 깊은 생각은 다 타서 없어지고
푸른 허공만 그대로이다

오랜 비행, 접히지 않는 허공 미세한 떨림의 빙렬 무늬가 숨어
있다

병에 새겨진 무늬의 천직은 학의 날개에 바람을 발라 주는 것
바람이 묻은 날개가 허공을 흔든다

나뭇가지 하나 없는 창천
병의 가장 깊은 외부에 가득 들어있는 바람

깨어지는 것들은 모두 허공을 거친다
바닥에 내려앉은 학의 울음소리들이 빛난다

병이 깨어지고 학이 다 날아갔다

* 청자상감운학문매병 : 국보 제68호

기발표작

나비, 블라우스

나비무늬 블라우스를 장롱에서 찾아냈다
여러 마리 나비는 날아가지 않고 있었다
나프탈렌 냄새 속을 날아다닌 듯
아직 지지 않은 꽃잎이 얼룩져 있다
주름진 꽃 위에 미동도 없이 앉아 있는 나비
들고 나가 탁탁 털어낸다
날개의 분가루만 봄날 허공에 부옇다

나비 블라우스를 입고 외출한다
떠가는 몸이 노란빛이다
팽팽하던 공중이 가슴께에 다다라있다
어느 곳으로 날아가든 어느 꽃에 앉든
나비를 흔드는 것은 바람뿐이다
빈 곳마다 향기들이 어색하게 들어차는 계절

나비의 내력은 먼지에 닿아 있다

장롱이 서 있는 동안 먼지만 풀풀거렸을,
가끔 삐걱거리거나 웅웅 하는 소리 틈으로 드나들었을 나비
블라우스의 눅눅한 우기를 오래 붙잡고
열려진 한쪽 문이 시계를 자주 본다

돌아와 나비를 세어본다
날아가라고 베란다 창문을 열고 걸어둔다
바람이 가득 들어찬다
바람의 가슴, 바람의 둔부, 바람의 겨드랑이
나비는 아무것도 세지 못하고
지금 이곳만한 꽃밭이 어디 있겠느냐는 듯
나비가 장롱 틈으로 날아간다

기발표작

장정욱

2015년 『시로 여는 세상』으로 등단
안양문인협회, 안양여성문학회, 안양시학 회원
42soori@hanmail.net

가슴에 모자를 올려놓고 누우면

중얼중얼, 새어나오는 물소리

챙 밑 그늘이 또 울고 있구나

수국

다른 장소에서 기다리다

덜컹

모자는 모자를 잃고

무릎의 창문

맨드라미 철조망

수국 외 5편

네 생일이 지워진
여름달력엔 종종 눈이 내렸다

시퍼런 입술
차가워진 혀

헛것 같은 계절
성에 낀 이름 하나가 도착하였다

다른 장소에서 기다리다

앞문의 햇볕을 보지 못한 채
비가 내리는 뒷문으로 내려왔다

후렴구가 긴 노래처럼
정류장 의자는 자주 먼 생각에 빠졌다

구름은 어느 정류장에서 시동이 꺼지는지
기다렸던 비를 태우고 어디로 사라지는지

수신과 발신 사이에 서 있는 공중전화기
막 도착한 빗방울들은
아무도 두 개의 문에 대해 얘기하지 않았다

공터의 풀잎들은 내일까지 젖어들었고
빗줄기는 날짜 없는 차표를 들고 한없이 길어졌다

문과 문 사이에 놓여있는 횡단보도, 가로수가 일렬로 길을 건널 때

낡은 햇볕의 앞문과
비에 잠긴 뒷문이 서로 마주치지 않게
정류장 표지판은 여름의 노선을 슬쩍 지웠다

기발표작

덜컹

달리는 버스 안에서 책을 읽는다
1페이지 지나 2페이지
그리고 3페이지로 접어드는 길

잠깐 멈췄다

신호를 기다리기 위해서
저쪽에서 오는 당신과 마주치지 않기 위해서

창에 비친 문장들이 바람에 걸려있다

차가 움직이려 하자
뒤늦게 건널목을 건너려는 머플러
순간 덜컹

서서히 돌아가기 시작하는 시침의 바퀴

시계 반대 방향으로 달리는 당신

등을 돌린 길은 언제나 말이 없다

페이지의 마지막 구절
놓친 행간은 내 눈과 마주치려 하지 않고
손가락의 침은 다 말랐다

모자는 모자를 잃고

며칠째 말이 없다

들춰낼 수 없는 비밀처럼
납작한 자세,
풀기 없는 눈동자로 모자는 놓여있다

비라도 내렸다면
버스에 얼굴을 두고 내리진 않았을 텐데

창문에서 떠나간 입김 때문에
모자는 단지 해진 주머니
머릿속 문자들이 다 빠져나가버렸다

누가 하늘에 빛나는 그림자를 걸어 두었을까
월식으로 잠시 떠들썩했던
밤은 달과 반대로 기울어만 갔다

보일러가 꺼져 차가운 이불 속
비탈진 옆구리를 따라
납기일 지난 한숨소리가 흘러내렸다

가슴에 모자를 올려놓고 누우면
중얼중얼, 새어나오는 물소리
챙 밑 그늘이 또 울고 있구나

대체 그 속엔
어떤 가난한 얼굴이 들어올 수 있을까

모자를 벗은 벽이
뒤돌아 멀어지고 있었다

기발표작

무릎의 창문

발목이 삐끗
바닥으로 넘어진 그날 이후 무릎엔 시린 창문이 새겨졌다

다리가 부어오르는 밤마다 바람이 삐걱거리면
골목의 어둠은 목을 빼고 무릎 안을 엿보곤 했다

금이 간 유리창에 꽃잎을 붙여 놓았지만
며칠 지나지 않아 날카롭게 덧나버렸다

어제와 오늘의 모서리 사이에서
갑자기 기울던 바닥

아무리 밀었다 당겨도 열리지 않는 창문
오래전 박아둔 나비경첩은 녹슨 날개를 펴지 못했다

입김을 불자
너에게 넘어졌던 기억이 지문처럼 파문을 넓히며 출렁거렸다

맨드라미 철조망

매복한 꽃잎들의 입술은 몇 겹의 햇빛에도 열리지 않았다

철조망 따라 무장한 바람이 촘촘하게 얽혀있다
관등성명 대듯 떨어지는 물방울도
오후를 보초 서는
나무의 졸음도 순간 빨려들 수 있으니까

햇빛이 사열하고 있는 연병장
벌건 얼굴로 꽃들은 열을 맞춰 군가를 부른다
불끈 쥔 주먹의 박자가 숨이 차다

그리움에도 계급이 존재한다면
일병의 기호는 이병의 기호보다 낮거나 가볍다는 착각
거꾸로 신은 꽃신에게는 거수 경례

군화의 끈을 단단히 조여 매는 두 손

윤형의 철조망 속 행군이 붉게 솟아올랐다

정이진

홍익대학교 미술대학 대학원 회화과 석사과정
개인전: 7회
해외아트페어 및 단체전: 50여회
수상: 경향신문공모전 및 대한민국미술대전 입상 11회
저서: 「샤갈의 눈 내리는 마을」,「내 눈 속에 살고 있는」
        「사랑하나 키우고 싶습니다」 그 외 공저다수
동국대문학인회. 현대여성미술협회운영위원,
안양문인협회, 안양여성문학회, 안양시학 회원
eezin3@hanmail.net

사랑으로 구멍 난 상처는

사랑이 아니고는 아물길 없다지만

찰나

고요한 통증

솟대

상처

도라지꽃

찰나 외 4편

인적 드문 약수터 앞에
빨강 파랑 프라스틱 물바가지
합장을 하고 엎드려 있다
똑 똑 똑
떨어지는 약수물 목탁소리
지난해 돌아가신 아버지가 들려달라 하신 반야심경이
가슴에 파문되어 스며든다
혼수상태 되신 탓에
들려드리지 못함이 한 되어 천 개의 강으로 흐른다
강물은 죽비가 되어 내 정수리를 마구 내리친다
아~ 하는 소리와 함께
깨달음을 낳고
깨달음은 텅 빔을 향해가는
부처님의 시공이 바로 거기 있었다.

고요한 통증

매일 아침 산엘 간다
그 시간 늘 마주치는 할아버지
온산이 들썩거리게 뽕짝을 틀고 올라가신다
음악소리는 술 취한 아저씨같이 와자지껄하다
나무들도 덩달아 홍조 띤 모습으로 어깨춤을 춘다
듣긴 싫었지만 어쩔 수 없이 익숙해졌다
어느 날부터인지
들릴 듯 말 듯 조용히 뽕짝을 틀고 가시는 할아버지
할아버지의 깊은 눈 속에서 슬픈 바다가 보인다.
겨울바다의 울부짖음을 허리에 차고
구부정한 어깨를 말고 걸어가는 할아버지
온산을 삼킬 듯한 광기어린 뽕짝이 그리웠지만
할아버지는
머물기 보다는 떠나기 위해 짓는다는 게르 같은 등짐을
매일 짓고 계신다.

솟대

때론
육신은 자유롭지 못하지만
온종일 끊이지 않는 새들의 노래 소리가
따사로운 봄 햇살처럼 다가오는

고향의 운치는 아니더라도
둥근 달빛 아래
밤새 등 밝히고 서 있는

늘 바라만 보기에
가슴 저린 아픔

할 수 있는 일이라고는
가슴에 응어리진 그리움 담아
당신을 위한
사랑 노래 부르는 일 뿐

정녕 그대가 들을 수 없을 지라도
그대를 지키는
파수꾼으로 살 수만 있다면

상처

어둠을 가르며 다가오는 바람이
견딜 수 없는 무거움으로 내려앉았습니다

저 들녘 끝
어둠 속에 서 있는 당신
빗장뼈 허물어지는 듯한 울음소리

사랑으로 구멍 난 상처는
사랑이 아니고는 아물길 없다지만

한자리에 너무 오래 머물거나
지나간 것들을 붙들고 있다면
사랑으로도 메울 순 없습니다

살아가는 일이
날마다 아픔을 남기는 일이라곤 하지만

사랑 또한 상처를 내는 일이지요

가끔은 그 상처에 약 바르는 일보다
스스로 아물 수 있도록 기다려주는 일입니다

상처란 아팠던 자리가 아니라
새로이 새살이 나올 수 있게 비워두는 자리란 것을요

도라지꽃

산비탈 산모퉁이
작은 무덤가에
도라지 꽃 하나 피었다

발길 뜸한
초저녁
하얀 도라지꽃이
달빛에
왜 그리 슬퍼보였는지

가녀린 잎새
허리에 매달려
밤새도록
이슬 맞으며 울었나
이른 새벽 꽃잎 속에 눈물 가득 하다

울어도 울어도 못다 준 마음

간신히 아문 상처
후벼 덧날까봐
난 더 이상 그 마음 묻지 않았다

조은숙

안양문인협회 감사, 안양여성문학회, 안양시학 회원
61107@hanmail.net

안양천으로 흘러든 꽃잎은

큰스님의 야단법석에 모인 중생처럼

웅덩이에서 머뭇거렸다

염불암 외 6편

벚꽃벚꽃명자꽃벚꽃

안양천으로 흘러든 꽃잎은
큰스님의 야단법석에 모인 중생처럼
웅덩이에서 머뭇거렸다

오래된 단청처럼 색이 빠진 꽃
탑돌이하면서
지워진 입술로 다라니경을 외웠다

마른가지가 물꼬를 터주자
망설이던 봄
종소리를 내며 흘러갔다

소음유발자

낮밤이 바뀐 아기처럼 칭얼대고 보채는 옆집 시어머니
매일 풀어놓는 여자의 일생 나도 다 욀 정돈데
잠잠한 걸 보니 치매놀이방 가셨나보다

라커가 꿈인 위층 사춘기 학생
질러대는 소리엔 체머리 앓을 지경인데
조용한 걸 보니 학원 갔나보다

이제야 나만의 시간을 즐기나 싶은데
이번엔 거실스피커가 시끄럽다

관리실에서 틀어놓은 층간소음에 대한 주의사항

정작 들어야 할 소음유발자들은 다 나가고
왜 내가 이 방송을 듣고 있어야 하나 투덜거리는데

내게 하는 부탁의 말씀이 맞다
가만히 나만 들어야 할 주의방송이 맞다

식구들도 몰라주는 나의 속사정을
아파트관리실에서는 어떻게 알았을까

흔들리는 뿌리

낡은 한옥의 대청마루를 뜯었다
70년 손 때 묵은 마룻장 아래
구불구불한 뿌리 하나 있었다

티눈 박인 뿌리로 더 이상 물을 올리지 못해
집을 지키기엔 취약한 고목
아파트로 옮겼다

거친 줄로 갈고 고운 사포로 다듬어
시간을 벗기자, 숨어있던 나이테가 드러났다
거실 중앙에 떡하니 자리 잡은 테이블

볼 때마다 중심을 못 잡고 기우뚱거려
이쪽을 괴고 저 다리를 받혀도 불안했는데
엎어놓으니 폼이 좀 살았다

조은숙   97

30층 공중에 뿌리 내린
함안조가 충의공파 29대손 어떤 남자도
저 테이블 위로 여러 번 엎어졌다

장거리 동창회

니캅으로 얼굴을 가린 무슬림 같은 사진 한 장
카카오톡에 떴다

온 몸의 구멍이란 구멍으로 모래바람이 들이쳐
금방 모래가 될 것 같다던 곳
다시 그 건설 현장에 서 있는 친구

나이를 먹으면
젊어 고생을 웃으며 이야기할 수 있으리라,
위도 제거하고 장도 줄이고
간도 반 잘라주고 쓸개도 빼놓고
그렇게 비우고 낮춰 살았기에
나이 들면
가슴 넓은 사람이 될 줄 알았는데

봄비가 추적추적 내리는 꼬치집에서

술배도 밥배도 줄은 우리는
겨우 소주 한 병

사막으로 간 친구를 위해
가끔은 비도 좀 뿌리는 날이 되기를 바라며
건배 사진 한 장을 답으로 올렸다

등이 시리다

출산 후
가끔 등이 시릴 때면
아이를 업고 돌아다녔다

엄마가 등이 시리다고 할 때면
말려 올라간 속옷 사이
앙상한 등골에 붙어있던 파스 한 장

언제부턴가 내게도 찬바람이 자리하고 앉았다
서늘한 구멍은 핫팩으로 막을 수 있었으나
어깻죽지 시린 엄마는 쉬 빠지지 않았다

배곯은 고양이 울음처럼 들러붙은 냉기는
한여름에도 떨어지지 않아
엄마와 가끔 들르던
보랏빛 그늘이 향기로운 밥집을 찾았다

등나무 구불구불한 줄기 따라
시멘트가 길게 채워졌고
등꽃은 그 위로만 떨어졌다

네일아트

공장출입문에 끼어 멍이 든 아버지의 손톱
기름때처럼 까만색은 누렇게 뜨더니
얼마 후 빠져버렸다

새로 나온 손톱은 반쯤 나오다 멈춰버려
누가 악수라도 청해오면
중지로 흐리멍덩한 약지를 감췄고
항상 주먹을 쥐고 다녔다

더 이상 손톱에 때는 끼지 않았으나
퇴행성관절염이라도 앓듯
가운데로 살짝 꼬부라지던 손가락

보라색 반짝이가 칠해진 내 손톱에는
누구에게도 선뜻 손을 내밀지 못하던
약간 휜 약지를 가진
아버지가 숨어 있었다

돌꽃

내 눈에는 보이지 않으나
그는 거기에 꽃이 있다고 했다

물을 흠뻑 머금은 수석은
흐릿하게
속 깊은 곳의 꽃을 조금씩 드러냈다

햇볕을 등지고 앉아 연신 쓰다듬는
그의 딱딱한 등에는
검붉은 꽃
부항 뜬 흔적이 많다

한명원

2012년 <조선일보> 신춘문예등단
중앙대학교 대학원 문학예술콘텐츠과 재학중
안양여성문학회, 안양시학 회원
08bada@hanmail.net

살이 없으니 고정이다.

저 뼈들은 고정의 힘으로 몇 백 년은

더 살아있을 것이다.

위니비니

치통이 오는 밤

위니비니 외 1편

손가락이 접시를 깨물어 먹었죠. 그릇은 녹아 사라진 적이 없어요. 깨져서 선반에서 사라질 뿐이죠.

접시를 사러 길을 나섰어요. 깨지지 않고 녹아사라지지 않는 접시 한 세트. 온갖 맛을 담았다가 비워내는 것이 접시라지만 접시는 원래 맛이 없지요. 오늘 따라 요일을 와작 깨물어 먹고 싶어요.

위니비니에는 깨지지 않고 녹지 않는 원통들이 있어요. 그 안에 존재하는 모든 색깔모양의 사탕이 있죠. 가끔 사탕통 속에는 티베트의 경전이 들어있을 것 같다는 생각을 하기도 하죠. 사탕머리를 한 수도승들이 보일 때가 있죠. 손으로 한 번씩 마니차를 돌리면서 한 번도 맛보지 못한 천국을 떠올리겠죠.

저 많은 사탕 중에는 녹으면서 아무런 맛도 못내는 것이 있겠죠. 배아胚芽라는 말, 꼭 무슨 사탕이름 같지 않나요?

눈이 침침할 때 마음을 비우고 싶을 때 나는 위니비니에 가요. 푹신한 맛, 둥근 맛이 그리울 때도 위니 비니 가요. 까끌까끌하고 딱딱한 요일을 매끄럽고 쫄깃한 요일로 바꿔 담을 녹지 않는 접시 한 세트를 사서 말이죠.

기발표작

치통이 오는 밤

자연사 박물관엔 멸종의 이름들이 많다. 살은 다 썩어서 멸종되고 흰 뼈들만 남아있다. 벽에는 물고기가 물고기 뼈들로 벽을 헤엄쳐 다니고 익룡의 뼈가 천장 위를 날아다닌다.

살이 없으니 고정이다.
저 뼈들은 고정의 힘으로 몇 백 년은 더 살아있을 것이다.

생명 진화관 입구에서 나비 떼가 몰려있다. 어느 화창한 봄날에서 한 뼘도 날아가지 않은, 꽃의 주위다.

곳곳에 맹수들이 노려본다. 나뭇가지 위에 잘생긴 표범의 이빨을 보는 순간 충치가 생긴 어금니가 생각났다. 뾰족한 열음치가 튼튼해 보였다. 표범이 조는 틈을 타 얼른 손을 유리창 너머로 뻗어 표범의 열음치를 빼서 내 어금니와 바꾼다. 눈빛이 날카로워진다. 이빨이 근질거리고 허기가 진다. 야성이 느껴지며 목젖에서 짧은 욕설이 튀어 나온다.

여전히 따라오는 공룡, 뼈들이 와르르 무너진다. 무너지는 것은 순간이다.

박물관을 나와 집으로 향한다.

집이야말로 우후죽순의 박물관이다.

냉장고 문을 거칠게 연다. 날카롭고 뾰족해지는 식사. 집안 어디를 찾아봐도 야채는 보이지 않는다. 묽은 육즙의 고기들을 꺼내들고 뜯어먹기 시작한다. 이빨 사이로 흐르는 핏물, 갑자기 가슴이 간지럽더니 젖꼭지가 여섯 개나 생긴다. 창밖 달을 바라보며 긴 소리를 지른다.

피를 먹는 밤, 크고 먹음직스러운 먹이를 먹는 밤, 입안이 아프다. 아픔으로 배를 채우는 밤, 그런 날이면 이빨이 우지끈거린다. 치통이다. 눈이 번쩍 떠진다. 입안에서 맹수들이 우르르 빠져 나간다.

기발표작

한인실

안양문인협회, 안양여성문학회, 안양시학, 천수문학회 회원
is-han57@hanmail.net

어제와 다름없는 오늘이 시작되고 있었다.

밤새 식은 아침을 데우느라

아궁이는 입 안 가득 불꽃을 머금었고

가을이 저물도록 국화 향기 머물렀던

자리에 첫눈 몇 송이 꽃잎처럼 나풀거리고

바람의 집 외 4편

때 이른 겨울바람이 들이닥쳐
중심을 잃은 집이 무너질 듯 휘청거렸다
바람이 휘젓기 전까지
어제와 다름없는 오늘이 시작되고 있었다
밤새 식은 아침을 데우느라
아궁이는 입 안 가득 불꽃을 머금었고
가을이 저물도록 국화 향기 머물렀던
자리에 첫눈 몇 송이 꽃잎처럼 나풀거리고
어디에도 바람의 낌새는 느껴지지 않았다
집안의 대들보를
한 순간에 쓰러트린 바람의 위력 앞에
가지런하던 일상이 마구 흐트러지고
저마다 호흡의 수위가 가파르게 올라갔다
채 여물지 못한 눈들이
기댈 곳 찾아 허둥거리고
바람이 흔들어대던 그날의 울림이

잔상으로 남아 선잠이 들거나
작은 기척에도 화들짝 놀라곤 했다
바람의 생채기가 오래도록 남아 있던 집
그 집을 떠나온 지 까마득한데
속수무책 바람에 휘둘렸던 날이
그림자로 따라다닐 때가 있다

개밥바라기 별

마음이 온통 어둠으로 물들 때

서둘러 나타나

위로해주는 얼굴 하나

오래도록

내 안에서 반짝이고 있다

두 장의 나뭇잎

흔들리는 나무에 사시사철
매달려 있는 이파리 두 장
선명하게 새겨진 잎맥은
믿거나 말거나
내일의 운세를 알려준다는데
타고난 본성은
무엇을 자꾸 움켜쥐려는 욕심이 있었으나
거친 비바람 몇 번 거쳐 간 후
스스로 놓을 줄 아는 요령을 알게 되었고
수시로 다가와 기웃거리던 솔깃한 유혹
손 사레 치며 견디어낸 날들
우두커니 서 있으면 생각의 줄기가
맥없이 말라가는 계절
물기가 스며든 자리마다
소용돌이가 흔적으로 찍히고 있다

환절기

잊을만하면 불쑥 나타나는
반갑잖은 만남이 있다
잠깐의 마주침으로
마음속 번뇌가 끓어오르고
먹물 속에 잠겨 뒤척거리다
초승달 눈으로 비실거리게 하는
뭐 이런 악연이 다 있나 싶다가도
누군가에게 그런 생각 들게 하는 건 아닌지
깨달음을 주기도 하는
도무지 알 수 없는 인연이 있다

목련

겹겹이 닫힌 봄이 열리고 있다
당신의 못 잊음은 생각보다 견고해서
쉽게 곁을 주지 않으려 했다
오직 북녘으로만 향한 마음 봉오리
한 장씩 떼어내는 봄날
저 잘난 남자 가슴에 못 잊을 사람 없겠냐며
언저리에서 서성거렸던 눈빛을 기억하는지
작별 인사도 없이 떠나 온 방향으로
까치발로 기다리던 얼굴이 속절없이 지고 있다

허인혜

안양문인협회부회장, 안양여성문학회, 안양시학 회원
herdk@hanmail.net

천개의 홑눈은 수면의 빗방울을 읽고 있었다.

잎사귀는 물방울 굴리고 굴리다가

껴안은 슬픔의 함량이 무거워지면

수면 아래로 쪼르륵 따라버리고

그림자도 가벼워지는 것이었다.

귀뚜라미 울음을 꺾어 왔네

낮달

검은 연꽃이 진다

러닝머신

잎 또는 입

그들 사이

귀뚜라미 울음을 꺾어 왔네 외 5편

벌초를 다녀와 베란다에 놓아둔 짐 속에서
밤새 귀뚜라미 소리가 나네

선산 발치에
묘비도 없이 꺼져가던 할머니 묘소
귀뚜라미 모여서 가을을 달래고 있는 것도 모르고
무심하게 낫질을 하였네

달빛이 홑이불을 감고 사그락거릴 때마다
귀뚜라미 울음은 마디가 굵어졌네

마지막을 함께 울어주던 사람들이
밤새 잠속을 들락거리며
날개를 짓고 더듬이를 만들어 붙이느라 분주했네

꺾어 온 울음을 들고

어디에 꽂아 놓을지 몰라 쩔쩔매다가
손안에서 시름시름 시드는 울음을 보았네

낮달

채점한 시험지 한 장
파란 책상에 놓여 있다
빵점은 아닌
크게 한 입 베인 점수
속일 수 없는
확정된 점수라고
제트기가 밑줄 두 줄을 긋고 간다
슬며시 지워지는
밑줄
애매한 점수만 남았다

검은 연꽃이 진다

역광에 눈을 감았다 뜨는 사이
꽃잎이 한 올씩 풀어지고 있었다
먹그늘나비가
검은 블라우스를 입은 여자처럼 다가와
겹겹의 둥근 그늘 속으로 내려앉았다
물기 밴 시선으로 바람의 방향을 더듬고
천개의 홑눈은 수면의 빗방울을 읽고 있었다
잎사귀는 물방울 굴리고 굴리다가
껴안은 슬픔의 함량이 무거워지면
수면 아래로 쪼르륵 따라버리고
그림자도 가벼워지는 것이었다
그 소리의 파동으로
나비는 한쪽 날개가 기울고
은빛 비늘가루를 털어
홍련의 발그레한 화장을 창백하게 지웠다
뿌리도 없이 부유하는 것들 위에 떨어뜨린 꽃잎

뜯겨진 제 날개도 함께 지고 있다
한 겹 더 얇아진 나비가
커다랗게 자란 울음주머니에 거꾸로 매달려
벗고 나온 고치를 우두커니 내려다본다

러닝머신

길을 start 한다
버튼 속 길이 꿈틀거리며 일어선다
앞에선 고삐를 틀어쥐고 뒤에선 채찍을 휘두른다
앞으로, 앞으로 만을 외치며
아무도 따라오지 못하게 길을 지우고
새로운 길을 쏟아놓는다
풍경도 숨이 차서 따라 오지 못하는 길
옆도 뒤도 없는 길 오로지 앞이다
지구를 몇 천만 번 돌고 왔을 길이
내 발자국을 자꾸 지구 반대쪽으로 운반하고 있다
오늘 저녁 두어 숟갈을 덜어낸 쌀밥 한 공기 270kcal
삼겹살 일인분에 소주 한 병 1058.8kcal
소진할 칼로리는 도착할 목적지
기초대사량이 줄어 뛰어야 할 길은 날로 길어진다
더 이상의 반찬은 갈 길이 멀어 숟가락을 놓는다
두루뭉술한 바디라인

벨트 구멍이 더 이상 물러설 자리가 없다
일렬로 서서 쳇바퀴를 돌리는 사람들
몸속 깊숙이 은둔한 잉여 칼로리
빠져 나오지 않으려고 안간힘을 쓴다

나의 길은
러닝머신 위에 걸쳐 있고
아버지의 길은 논두렁 밭두렁에 있었다

잎 또는 입

나무가 알록달록한 혀를 내민다
저것은 나무의 말
계절의 감정을 제일 먼저 발설한다
나무는 수많은 입을 가지고 무성하다
그들이 하는 말을 알아듣는 것은 바람이다
오랫동안 주워 담은 소문을
무한 허공에 흩뿌린다
나무는 여름 내내
부드러운 혀로 거친 말들을 궁굴리다가
간혹, 혓바늘이 돋기도 했다

가지와 바닥 사이 가깝고도 먼 거리
그 곳은 긴장된 중력으로 늘 꽉 차있다
손을 놓으려는 순간과 차마 놓을 수 없는
팽팽한 허공에 아찔한 곡예를 한다
수만 평의 하늘을 받아 마신 잎에서 말이 쏟아진다

나는 바람소리를 나무의 목소리로 읽는다
미처 다듬지 못한 말의 모서리를 깎아 말씀으로 내려놓고
제멋대로 흩어지는 말은 자루에 쓸어 담아 입을 봉한다

지금은 볕이 시드는 계절
나무가 쏟아낸 감정이 그득하다
묵언에 들 시간이다

그들 사이

스치듯 지나간
그
사이
한
세계가 흔들렸다

청계사 목탁소리를 공양 받아 자라 온 고양이
법문이 지루한 경지도 지난 것 같은데
번뇌 망상이 일어날 법랍도 아닌 것 같은데
그저 고양이를 좋아하는 한 사람과
눈빛만 교차했을 뿐
순식간에 고승 같은 체통도 내던지고
불법도 파계하고 법당에서 뛰어내려 와
그에게 몸을 부비고 배를 뒤집는다
바람이 읽고 가는 풍경소리에
죽비 한 대 얻어맞은 것처럼

후끈한 등짝 움켜쥐고 법당으로 올라간다
댓돌 위에 놓인 스님의 흰 고무신과
방금 맡고 온 그의 운동화 냄새 사이에서
부처님이 내려다보며 웃고 계시다

한 사람과 고양이와 스님 사이
안전한 삼각의 구도가
잠시
흔들리다 제자리로 돌아간다

나는
또 참새처럼 지저귀기만 했다

가시나무 새처럼
아름다운 노래 한마디가 되지 못하고

나를 앓다가 나온 말이
무수히 흩뿌려진다

여기에

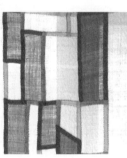

안양여성문학회 동인지 · 5

안양시학

안양여성문학회 동인지 · 5

안 양 시 학

초판 인쇄 2016년 12월 7일
초판 발행 2016년 12월 10일

지은이   **안양여성문학회(허인혜 외 9명)**
펴낸이   장호수
펴낸곳   도서출판 시인
           등록번호 제384-2010-000001호
           등록일자 2010년 1월 11일
           13992 경기도 안양시 만안구 안양로 320번길 20(안양동) B동 2층
           Tel 031-441-5558   Fax 031-444-1828
           E-mail : siin11@hanmail.net / http://cafe.daum.net/e-poet

ISBN 979-11-85479-10-1   03810

정가는 뒷표지에 있습니다.

※ 이 책은 2016년 안양시의 문화예술진흥기금 일부를 지원받아 제작되었습니다.